Mark Azvedo

Nous, les **enfants** de 1969

De la naissance à l'âge adulte

Éditions Wartberg

Mentions légales

Crédits photographiques :

Archives personnelles, p. 4, 6b, 8-11, 14b, 15-16, 19-20, 22, 24, 26, 28-35, 37-40, 42-43, 44bg, 47-48, 50-51, 53h, 62.
D. R., p. 18.
© Picture-alliance / dpa / PHOTOPQR / L'ALSACE, p. 54-55.
© Ullstein bild, p. 6h, 13 ; Ullstein bild – Interpress Paris(L), p. 7 ; Ullstein bild – Reznicek(L), p. 12 ; Ullstein bild – Insadco/McFoto, p. 14h ; Ullstein bild – Dietrich, p. 17 ; Ullstein bild – dpa, p. 21, 61 ; Ullstein bild – Gisbert Paech, p. 25 ; Ullstein bild – united archives, p. 27, 36, 46h ; Ullstein bild – Zucchi, p. 44bd ; Ullstein bild – CARO/Conradi, p. 46b ; Ullstein bild – Röhnert, p. 52 ; Ullstein bild – Teutopress, p. 53b ; Ullstein bild – Jazz Archiv Hamburg, p. 56, 60 ; Ullstein bild – Schnürer, p. 59 ; Ullstein bild – Ritter, p. 63.
© Roger-Viollet, p. 23, 45, 57, 58 ; Georges Kelaïdites / Roger-Viollet, p. 5 ; Carlos Gayoso / Roger-Viollet, p. 44h ; Jean-Pierre Couderc / Roger-Viollet, p. 49.

Nous remercions tous les ayants droit pour leur aimable autorisation de reproduction.
Dans le cas où l'un d'eux n'aurait pu être joint, une provision de droits est prévue.

Merci à mes parents et à Hélène.

3e édition, 2012

40, rue de l'Échiquier
75010 Paris

Un département de Wartberg Verlag GmbH & Co. KG.
Im Wiesental 1
34281 Gudensberg-Gleichen
Allemagne

Conception graphique : Ravenstein & partenaires, Verden.
Imprimé en Allemagne sur les presses de Thiele & Schwarz, Kassel.

ISBN : 978-3-8313-2569-6

Préface

Chers enfants de 1969,

Quand l'année 1969 commence, une grande période d'agitation sociale semble s'achever en France. Le monde dans lequel nous voyons le jour vient d'être giflé par Mai 68. Nos parents, qu'ils soient ouvriers, étudiants, policiers, cadres, fonctionnaires ou chômeurs, qu'ils aient approuvé ou réprouvé la contestation, appartiennent à cette génération qui a imposé pour la première fois la voix de sa jeunesse.

Cette révolte s'est assagie et les avis divergent concernant son héritage, mais quoi qu'il en soit, l'Hexagone va connaître une mutation inéluctable. Imperceptiblement, le vieux monde ébranlé va s'adapter : les mœurs, l'éducation, le travail, la culture suivront la direction indiquée par la forte génération des jeunes soixante-huitards.

Notre parcours sera lié aux soubresauts, aux progrès, aux conflits et aux récessions qui animent notre société. 1969 est l'an 01 de cette histoire.

L'enfant est désormais une personne, le catholicisme tente de se moderniser, la figure paternelle autoritaire est remise en question, le féminisme se développe, la sexualité et le rapport au corps se libèrent, l'individu est revalorisé. On s'inquiète des injustices aux quatre coins du globe, on dénonce la société de consommation, mais le climat économique est au beau fixe. Les Trente Glorieuses offrent un élan qui profite aux progrès techniques : nous verrons notre environnement se métamorphoser sans cesse et, des premiers pas de l'homme sur la Lune jusqu'à l'apparition d'Internet, la technologie apposera son empreinte révolutionnaire sur chaque étape de notre vie.

Plus tard, nous développerons une mythologie nostalgique peuplée d'images et d'objets désuets de notre enfance, et apprendrons la nécessité de nous adapter rapidement, de suivre l'évolution du temps présent.

Depuis notre naissance, nous sommes partie prenante de cette course aux enjeux idéologiques et technologiques. Notre génération sera actrice de l'inconstante modernité.

Mark Azvedo

Naître dans un monde en couleurs

1969-1971

Une bonne sieste après le biberon.

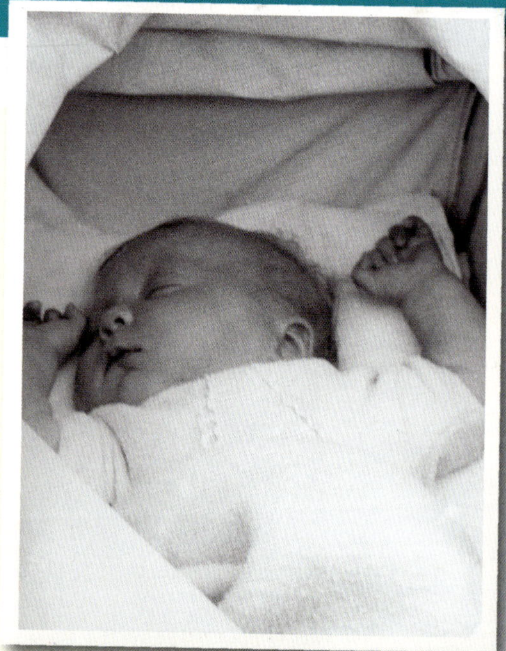

Les grandes mutations

L'année de notre naissance sonne comme un slogan. Chanson débridée de Serge Gainsbourg ou déferlante électrifiée des Stooges – « Well, it's nineteen-sixty-nine OK » –, festival de Woodstock, rêve accompli d'un homme sur la Lune, le monde semble chauffer de toutes parts.

Début 1969, le mythe du GI américain défendant les libertés à travers le monde prend du plomb dans l'aile :

Chronologie

20 janvier 1969
Richard Nixon devient président des États-Unis.

2 mars 1969
L'avion supersonique *Concorde* effectue son premier vol d'essai.

15 juin 1969
Suite à la démission du général de Gaulle, Georges Pompidou devient le deuxième président de la Ve République.

26 août 1970
À Paris, une douzaine de femmes déposent une gerbe de fleurs au pied de l'Arc de Triomphe, avec un message inscrit sur une banderole – « Il y a plus inconnu que le soldat inconnu : sa femme. » Le Mouvement de libération des femmes (MLF) a vu le jour.

4 septembre 1970
Au Chili, Salvador Allende remporte les élections avec une courte avance sur les partis de droite divisés. Ce sera la première révolution socialiste marxiste « légale », menée sans violence.

28 septembre 1970
Mort de Gamal Abdel Nasser, président égyptien.

16 novembre 1970
Le journal satyrique *Hara Kiri* titre « Bal tragique à Colombay : un mort ». La disparition du général de Gaulle, survenue le 9 novembre, est ainsi saluée de la manière la plus irrévérencieuse qui soit.

7 février 1971
La Suisse accorde le droit de vote aux femmes.

26 mars 1971
Proclamation de l'indépendance du Bangladesh. Une guerre éclate avec le Pakistan, qui fera plusieurs centaines de milliers de morts.

5 avril 1971
343 femmes publient un manifeste pour exiger un accès libre à la contraception et à l'avortement.

3 juillet 1971
Jim Morrison est retrouvé mort à Paris.

Serge Gainsbourg et Jane Birkin en 1969 (année érotique).

voilà que la jeunesse occidentale s'emporte et condamne l'impérialisme. Importée des États-Unis, la contre-culture distille rock, pacifisme et LSD en France.

Comment en est-on arrivé là ? La toute jeune télévision est une boîte de Pandore que le pouvoir n'a pas encore appris à contrôler. L'image est ce qui régit désormais l'opinion. Les photos et les reportages en couleurs sur le Vietnam, diffusés sans retenue par les médias, vont donner à l'Occident le dégoût de cette guerre.

Deux blocs continuent de s'opposer et, même si l'antiaméricanisme a fait fleurir des « *US go home* » sur les murs d'une France encore occupée par ses libérateurs, la majorité des Français pris dans la nasse de cette bipolarité ont grandi dans la peur des Soviétiques.

On célèbre l'amour, la paix et le rock'n'roll au festival de Woodstock.

Attention à l'invasion de peluches !

La fin de la colonisation donne naissance à de nouveaux États souverains et bouleverse le visage du monde. La France métropolitaine compte 1,5 million d'habitants supplémentaires depuis l'indépendance de l'Algérie en 1962. Ils n'ont pas toujours été très bien accueillis : les mots « fascistes », « colons » ou « exploiteurs » ont souvent qualifié ces nouveaux venus qui portaient dans leurs valises, en plus du strict minimum emporté à la hâte, la responsabilité nauséabonde d'une sale guerre menée contre la volonté d'un peuple occupé. La méfiance à leur égard et les passions exacerbées finiront par retomber lentement...

La passation de pouvoir

À la veille du premier anniversaire des révoltes étudiantes de 1968, Charles de Gaulle n'est plus président de la République. Si les élections qui ont suivi Mai 68 l'ont renforcé dans ses fonctions, et malgré l'opinion favorable de la majorité de la population, les Français ont répondu « non » au référendum sur la transformation des régions et du Sénat qu'il avait souhaité. Fidèle à sa promesse de démissionner en cas de défaite, il quitte la scène politique le 28 avril 1969.
Des élections présidentielles anticipées sont organisées. Dans l'intervalle, c'est Alain Poher, président du Sénat qui assure l'intérim. On aurait pu croire que le rejet du général assurerait un bon score à l'opposition, mais – nouvelle surprise – aucun candidat de gauche n'accède au second tour. Le 15 juin 1969, Georges Pompidou devient le deuxième président de la Ve République. Le sourcil noir broussailleux, le regard perçant, la cigarette aux lèvres, il est déjà bien connu des Français : les accords de Grenelle, signés en 1968 et qui ont abouti à une augmentation du SMIG de 25 %, l'ont rendu célèbre. À l'aube de son septennat, il fait vœu de moderniser le pays. Il le fera entrer de plain-pied dans l'ère de la voiture pour tous. Déclarant qu'il faut « adapter la ville à l'automobile », il favorise le réaménagement des grandes agglomérations pour améliorer la circulation. Cette politique aura pour conséquence de délaisser les autres types de transport et de démanteler progressivement l'immense réseau ferroviaire français.

Georges Pompidou fêtant sa victoire en 1969.

Nos mères tiennent à rester élégantes.

Maternité et lait en poudre

Si mes parents avaient voulu le préméditer, ils n'y seraient pas arrivés : je nais un an jour pour jour après le début de l'insurrection de Mai 68.

La pilule contraceptive en est encore à ses balbutiements. Elle vient à peine d'être rendue légale avec la Loi Neuwirth de 1967, mais n'est encore tolérée que dans certains cas exceptionnels, sur avis médical. Le pape Paul VI s'entête à condamner officiellement tout moyen visant à empêcher le processus de procréation.

Les importantes fratries auxquelles beaucoup d'entre nous appartiennent prouvent qu'en cette fin des années 1960, même si les femmes revendiquent la propriété de leur corps, l'usage de la contraception est encore loin de s'être généralisé. Nos mères continuent d'enchaîner les grossesses, et il faudra attendre les années 1970 pour observer une chute du taux de natalité.

La question de l'allaitement fait également grand débat : les firmes productrices de lait de substitution ont imposé un consensus idéologique favorable à l'usage de leurs produits. Les pratiques en vigueur dans les maternités, comme la tétée à heure fixe et à durée limitée suivie d'une pesée systématique, ne favorisent pas un allaitement efficace. Cette gymnastique imposée décourage bien des mères, par ailleurs séduites par un argument imparable : la liberté se gagne à la force du biberon. La tétine en caoutchouc a vaincu son adversaire naturel par KO.

Il y aura pourtant des irréductibles. Encouragées par les écrits de Laurence Pernoud, qui fait l'éloge du lait maternel, des mères luttent contre l'avis des sages-femmes et s'évertuent à allaiter leur enfant. Certaines d'entre elles appartiennent à ces femmes qui, au début des années 1970, seront à l'origine d'un mouvement de « retour à la nature ». Ma mère, à l'avant-garde de ce courant, résistera à injonction de notre époque, mais ne verra pas sa persévérance récompensée : atteint de malnutrition avancée, je serai finalement sauvé par Nestlé.

Bienvenue dans la société de consommation !

En 1969, le design s'est emparé du polycarbonate pour produire des objets en plastique coloré, tandis que le bon vieux Formica maintient son hégémonie dans nos cuisines depuis une dizaine d'années. Toutefois, la mode de l'ameublement des années 1960, déjà très futuriste, ne concerne que les classes aisées. Les autres se débrouillent entre héritage familial, achats exceptionnels et récupération en tout genre. Ceux qui refusent la froideur bariolée du plastique inventent l'art de chiner.

Décoration intérieure rustique, vieilles poteries et buffets « mémé ».

Sous son derrière, la plage.

Régie par les lois nouvelles de la consommation, notre vie quotidienne semble bouleversée chaque jour par une nouvelle révolution technologique. Dans nos habitations, la pièce la mieux équipée est souvent la cuisine. La volonté de gagner du temps est prétexte à l'acquisition d'objets électriques très variés : frigo, machine à laver, lave-vaisselle, aspirateur, robot mixeur, moulin à café...

Le chauffage central de première génération gratifie d'effluves de fuel ceux qui ont la chance d'habiter un immeuble moderne. Quant aux poêles d'appoint, ils sont encore très répandus. Pour alimenter le nôtre, mon père descend tous les jours à la station-service et rapporte un jerrican de dix litres d'essence.

L'éclosion des cités-dortoirs et des zones pavillonnaires à l'écart des villes augmente considérablement les déplacements entre domicile, lieu de travail et commerces. Ils s'ajoutent à ceux effectués le week-end pour entretenir les liens familiaux, lorsque les routes nationales se recouvrent d'une nouvelle espèce qui prolifère : l'automobiliste. En effet, l'exode rural a souvent éloigné nos parents de leurs propres parents, ces derniers étant nombreux à rester à la campagne.

Qui d'entre nous n'a pas posé ses fesses dans une cahotante Renault 4, enfoncé dans une banquette arrière à la structure métallique inconfortable ? Ce véhicule mythique fut le premier d'une longue série d'automobiles que mes parents achèteront et revendront selon les nécessités du moment, comme la fameuse Simca Chrysler 1100, plus spacieuse et plus rapide, avec un design anguleux très caractéristique.

À cette époque, la sécurité routière reste une notion assez vague. Il n'existe pas de limitations de vitesse et le port de la ceinture de sécurité n'est pas obligatoire. La plupart du temps, on dépose bébé dans un couffin sur la banquette arrière, sans plus de précautions.

À bord de notre automobile, nous partons en vacances et façonnerons bientôt nos premiers pâtés de sable ou nos premières boules de neige. À 18 mois, en digne représentant de ma génération, je prononce mon premier mot : « auto ». Puis, à l'heure où le Concorde effectue ses premiers vols, j'articule très distinctement « avion » en montrant le ciel du doigt.

En plus de leur voiture, nos parents possèdent souvent un petit véhicule d'appoint, à mi-chemin entre le vélo et la motocyclette : le vélomoteur Solex. Celui-ci s'avère très efficace pour se muscler les mollets quand, moteur éteint, il faut déplacer ses trente kilos de métal en actionnant le pédalier.

Autre conséquence de cette nouvelle géographie urbaine : à la fin des années 1960, les denrées alimentaires se retrouvent elles aussi au cœur d'une petite révolution. Les premiers supermarchés, qu'on appelle « libre-service »,

Noël, une bonne occasion de dépenser de l'argent.

s'implantent et se multiplient rapidement. Dans un hangar, des palettes de bois posées à même le sol forment des rangées de produits conditionnés et empilés. Nous découvrons beaucoup de marchandises jusqu'ici inconnues qui nous simplifieront la vie, comme les bouteilles d'eau minérale en plastique inventées l'année de notre naissance, les barils de lessive en poudre aux énigmatiques « enzymes gloutons » et les premières couches jetables, encore très rudimentaires.

Le Solex, roi des montées.

« Un petit pas pour l'homme, un pas de géant pour l'humanité. »

On a marché sur la Lune

Le 21 juillet 1969, l'homme marche sur la Lune. Dans le monde entier, des millions de téléspectateurs assistent à la retransmission de cet événement en mondovision. Comme eux, mes parents le regardent en direct, en pleine nuit, sur la première chaîne de l'ORTF en noir et blanc.

Soudain, après une longue attente, la caméra à bord du module Eagle *s'approche du sol lunaire. L'ombre portée des cratères apparaît nettement à l'écran. On entend les dialogues calmes et précis des cosmonautes, des énumérations de chiffres entrecoupées de « bips ». La tension est immense. Puis, le module s'approche tant du sol que son ombre fait disparaître l'image dans l'obscurité...*

Il faudra attendre 3 heures et 56 minutes pour apercevoir une silhouette humaine descendant laborieusement une échelle. Pour les courageux qui ont résisté à l'appel de leur lit, la conclusion est quelque peu décevante : l'image est si mauvaise qu'il est presque impossible de comprendre ce qui se passe exactement. Mais on peut entendre la voix de Neil Armstrong prononcer cette phrase, désormais gravée dans nos mémoires : « That's one small step for man, one giant leap for mankind. »

En plastique,
le monde nous
appartient.

Le rouge vif est à la mode.

Bonne nuit les petits

Nos chambres se garnissent peu à peu de jouets, le plus souvent en plastique ou en bois. La marque Lego, qui produit depuis les années 1930 ses petites briques emboîtables en plastique coloré, vient tout juste de lancer un modèle plus adapté aux enfants âgés de moins de 2 ans : le Duplo, qui les aidera à développer leur dextérité manuelle.

Notre principale fenêtre sur le monde extérieur reste la radio, qui diffuse régulièrement les petites notes de xylophone et la voix inimitable de l'animateur du « Jeu des 1 000 francs », Lucien Jeunesse, ainsi que des chansons qui marqueront notre époque.

En 1970, Michel Sardou agite les flonflons d'une franchouillardise alcoolisée dans *Les Bals populaires*, pendant que Joe Dassin rêve en regardant par-delà l'Atlantique avec *L'Amérique*. Là-bas, la contre-culture américaine popularise le rock avec des chansons comme *Black Night* de Deep Purple. Le port du jean, symbole de ce nouvel esprit, est désormais de rigueur.

Puis, peu à peu, la radio perd de son attrait et un nouvel occupant s'installe chez nous : une boîte carrée munie de gros boutons émettant des images et des sons. Nous assistons aux balbutiements des premières émissions télévisées pour enfants, les quelques minutes de programmation quotidiennes qui nous sont destinées : le marchand de sable et son acolyte Nounours rendent visite à Pimprenelle et Nicolas dans « Bonne nuit les petits ».

Bientôt, le ventre de ma mère s'arrondit de nouveau : elle porte un troisième enfant, mon petit frère, qui naîtra en 1971. Comme beaucoup de Français, nous formons désormais une famille nombreuse. Voilà qui augure d'une enfance bercée de jeux, de disputes et d'apprentissages communs.

Dès lors, la question de la garde des enfants va devenir problématique. À partir de 1970, la Sécurité sociale indemnise enfin à hauteur de 90 % du salaire brut les femmes qui ont pris un congé de maternité. Certaines de nos mères réussissent à tout concilier et passent du couffin au travail, acrobatie qu'impose leur statut de femmes modernes. D'autres doivent renoncer à leur carrière : l'accès aux structures de garde est complexe et elles n'ont pas toujours un proche à disposition pour les seconder.

Robe trapèze pour mamans équilibristes.

1972-1974

Nos maternelles

Une parfaite maîtrise du tricycle.

Un grand cerf dans sa cabane

Les pouvoirs publics se décident enfin à proposer des solutions permettant de s'adapter aux grands changements que nous vivons. Les femmes ont commencé à se libérer, et désormais elles travaillent. Mais qui va donc s'occuper des enfants ? On voit apparaître des crèches collectives, familiales et parentales, des ludothèques. Quant à l'école maternelle, elle connaît un véri-

Chronologie

30 janvier 1972
Bloody Sunday à Londonderry, en Irlande du Nord : quatorze manifestants catholiques sont tués par l'armée britannique.

27 juin 1972
Le Parti communiste français, le Parti socialiste et les Radicaux de gauche signent un programme commun de gouvernement.

14 juillet 1972
À Rodez, dans l'Aveyron, manifestation de 20 000 personnes contre l'extension du camp militaire du Larzac, sous le slogan « *Gardarem lou Larzac* ».

5 septembre 1972
Une prise d'otages opérée durant les jeux Olympiques de Munich se termine par la mort de onze athlètes de la délégation israélienne.

27 janvier 1973
Un accord de cessez-le-feu est enfin conclu entre les belligérants de la guerre du Vietnam. Il ne suffira pas à régler définitivement le conflit, mais il signe le désengagement des troupes américaines, qui commencent à évacuer la région.

8 septembre 1973
Alain Colas, ancien équipier du célèbre Éric Tabarly, part de Saint-Malo à bord de son voilier baptisé *Manureva*. Il gagnera sa place dans le cœur des Français en réalisant le premier tour du monde en solitaire et en multicoque.

11 septembre 1973
Au Chili, Augusto Pinochet prend le pouvoir par un coup d'État militaire. La dictature restera en place durant dix-sept ans et fera 30 000 victimes. Plusieurs centaines de milliers de personnes s'exileront.

17 octobre 1973
Premier choc pétrolier, conséquence indirecte du conflit israélo-palestinien. C'est la fin des Trente Glorieuses.

25 avril 1974
Au Portugal, usée par plusieurs guerres coloniales inefficaces, la dictature salazariste au pouvoir depuis 1930 est renversée de façon pacifique par un putsch militaire, soutenu par la population. C'est la révolution des Œillets.

8 août 1974
Richard Nixon, président des États-Unis, se voit obligé de démissionner suite au scandale du Watergate : des cambrioleurs en possession de matériel d'écoute ont été arrêtés dans le bâtiment du parti démocrate.

Activité d'éveil autour d'une boîte de peinture.

table bond en avant : elle est littéralement prise d'assaut. Le rôle attribué à cette « préscolarisation » évolue tout particulièrement en France. Dès qu'un enfant est propre, on l'estime apte au service. Ainsi, à 2 ans, je suis ma sœur aînée vers l'école maternelle publique pour y découvrir la vie en collectivité. Il existe trois sections : les petits, les moyens et les grands, même si dans certaines zones rurales peu habitées, tous se retrouvent rassemblés dans une classe unique.

Tous les matins, été comme hiver, nous enfilons par-dessus nos vêtements un tablier en nylon, vert bouteille ou bleu pétrole (on accorde parfois aux filles le privilège de quelques décorations florales). Puis, à bord d'une petite estafette Renault, ancêtre

Une image pour les enfants sages.

de nos actuels cars de ramassage scolaire, ou dans la Fiat 500 crème de ma mère, nous partons pour la maternelle du quartier.

Portemanteaux lilliputiens accrochés dans le couloir au-dessus des bancs en fer et en bois ; enfants rangés deux par deux devant la porte de la classe – le décor est immuable. La maîtresse, souvent secondée d'une assistante, nous accueille vêtue d'un tablier rose. Avant de nous faire entrer « dans le calme », elle s'assure que tout le monde a bien apporté sa serviette pour la cantine. Chacun brandit alors au-dessus de sa tête le précieux fanion qui nous protégera des éclaboussures de quenelle en sauce. Fou rire partagé par toute la classe à la vue du bavoir que ma mère a glissé dans mon sac ce matin-là. On ne m'y reprendra plus : dès le lendemain, j'arbore une vraie serviette « d'homme », jaune à carreaux blancs.

La maternelle comme laboratoire

Ces classes sont alors de véritables laboratoires. Enthousiastes, nos maîtresses font preuve d'imagination pour favoriser notre développement personnel : nous découvrons l'enseignement « par ensembles », ou l'art d'identifier des formes et des objets reliés par la même logique formelle. Le carré bleu va-t-il avec le rond bleu ou avec le carré vert ? On y apprend aussi des chansons (« Un grand cerf dans sa cabane, regardait par la lucarne, un lapin venir à lui, et parler ainsi… ») et des gestes étranges, plutôt propices à semer la pagaille, comme le claquement de doigts ou le sifflement.

Il y a souvent dans les classes un animal domestique enfermé dans une cage, dont les enfants sont responsables à tour de rôle : l'hirondelle Rourou, le cochon d'Inde Touron...

L'éveil de l'enfant passe aussi par les arts plastiques. Nous voilà poussés à développer nos compétences en peinture ou en dessin, et le regard encourageant de nos maîtresses semble indiquer que nos classes regorgent de futurs grands talents...

Nous inaugurons un rituel qui, tout au long de notre scolarité, remplira les placards de la maison d'objets pathétiques bien que confectionnés avec beaucoup d'amour : bonne fête maman ! Pour moi, le coup d'envoi sera une adorable petite main moulée dans une plaque de plâtre, rehaussée de peinture dorée.

Dans nos classes, on trouve aussi des jouets, comme ces soldats de la Légion étrangère en plomb qui finiront dans ma poche, et offriront à la maîtresse l'occasion de nous apprendre la notion du bien collectif en me corrigeant publiquement. Mes tendances cleptomanes n'y survivront pas.

Nous sommes prêts à toutes les expérimentations...

... et ne redoutons même pas de prendre le volant.

Les lunettes, c'est plus sympa à l'envers.

À la fin décembre, un étrange personnage vient nous rendre visite : le Père Noël. Aussi incongru que cela puisse paraître aujourd'hui, beaucoup d'entre nous ne le connaissent pas. Nous sommes au lendemain de Mai 68, et ce symbole d'une certaine autorité parentale (« Si tu n'es pas sage, le Père Noël ne passera pas ») est un peu tombé en désuétude.

Mais tout ceci ne suffit pas à faire oublier la règle numéro un de l'école, aussi progressiste soit-elle : l'obéissance. Tout comportement jugé conforme aux attentes de la maîtresse se voit récompensé d'un bon point, un petit carré de papier rose tamponné d'un motif de fleur. Au bout de dix petits papiers roses, on obtient une belle « image Poulain » imprimée en couleurs et représentant un animal.

Cette année-là, l'école connaît un grand bouleversement : jusqu'ici, le jeudi était la journée de repos pour les enfants – dorénavant, ce sera le mercredi !

Pinochet prend le pouvoir

Le jour de la victoire de la coalition de gauche au Chili en 1970, le nouveau Président élu, Salvador Allende, déclarait : « Nous abolirons les monopoles qui accordent le contrôle de l'économie à quelques dizaines de familles. Nous abolirons un système fiscal qui accable les pauvres et épargne les riches. »
Au même moment, Henry Kissinger, alors conseiller à la Sécurité nationale américaine, menaçait : « Je ne vois pas pourquoi nous devrions laisser un pays devenir marxiste simplement parce que sa population est irresponsable. »
Le 11 septembre 1973, soutenue par les États-Unis et les réactionnaires chiliens, l'armée nationale porte un coup mortel à la démocratie. Sous le commandement d'Augusto Pinochet, le palais présidentiel est assiégé et bombardé par l'aviation. Avec ses derniers fidèles, Allende tient la position à l'aide d'une mitraillette qui lui a été offerte par Fidel Castro. Après un ultime discours d'adieu à ses partisans diffusé à la radio, Allende succombera, dans des circonstances qui restent obscures.
Le Chili et le reste du monde découvrent alors le « chef suprême de la nation » qui tiendra le pays d'une main de fer jusqu'en 1990. Les bras croisés sur le torse dans une attitude toute mussolinienne, le regard dissimulé derrière des lunettes noires, vêtu d'un uniforme rappelant ceux de la Wehrmacht et les cheveux gominés, Augusto Pinochet ne lésine pas avec les symboles. L'état de siège est proclamé, la Constitution abolie. L'opposition, qui l'avait soutenu pour reprendre le pouvoir, déchante. La dictature militaire s'installe, une terrible répression s'abat sur les opposants au régime qui seront nombreux à s'exiler.
L'Argentine, la Bolivie, le Brésil, le Paraguay et l'Uruguay tomberont eux aussi entre les mains de dictateurs qui s'uniront au Chili à travers le plan Condor pour traquer leurs opposants.

Les intentions du nouveau chef d'État chilien semblent quelque peu belliqueuses.

Déguisement de fin d'année : c'est bientôt les vacances !

La mort du Président

Nous allons parfois rendre visite à des amis agriculteurs. C'est l'occasion pour mes parents de nous faire profiter de l'air de la campagne. Dans le jardin se trouve une cabane en planches dont s'échappent d'étranges grognements. Le regard enfoui sous des plis de peau rose, les oreilles tombantes, le groin suintant de bave, un énorme cochon y dévore salement des seaux d'épluchures de légumes. C'est Pompidou. Ses propriétaires l'ont appelé ainsi, sans doute en raison de leur sensibilité de gauche.

Le 2 avril 1974, alors que nous roulons en voiture, mon père allume l'autoradio et j'entends une voix solennelle prononcer ce qui semble être une triste nouvelle. Au milieu de ce discours incompréhensible, je distingue quelques mots : « Pompidou... mort ». Je n'en reviens pas. Le cochon de nos amis vient de mourir et ceci semble constituer un drame national. Je ressens une vive émotion. Ce cochon devait avoir quelque chose de très important pour susciter tant d'émoi. On ne m'expliquera que plus tard que George Pompidou était notre Président...

Alain Poher, président du Sénat, le remplace conformément à la Constitution et endosse pour la deuxième fois le costume de président de la République par intérim. La même année, Valery Giscard d'Estaing remporte l'élection présidentielle et devient le plus jeune président de la Ve République.

« On est partis, samedi, dans une grosse voiture, / Faire tous ensemble un grand pique-nique dans la nature . »

Terrain de jeu dans la cité.

Sous le béton, la vie

Depuis la fin de la guerre, la nécessité de reconstruire des logements, l'exode rural et la forte croissance démographique des villes ont donné naissance à de nouveaux types d'habitations, de grands ensembles, tours de béton anguleuses, empilements de cases. Nos cités sont nées.

Et si aujourd'hui, elles évoquent les ghettos, le délabrement et l'exclusion sociale, il n'en a pas toujours été ainsi. Ces espaces ont en effet d'abord été conçus dans un souci de modernisation. À la fin des années 1940, de nombreux mal-logés croupissent dans des bidonvilles entassés aux pourtours des agglomérations. Le mot d'ordre est de les éradiquer pour les remplacer par des immeubles répondant à de nouvelles normes : électricité, eau courante, ascenseurs pour les plus chanceux, grands parkings... sans oublier une incroyable invention qui dispense de la corvée des poubelles :

Éducation libertaire oblige, on nous laisse jouer dans une épave rouillée.

le vide-ordures, une petite porte qui ouvre sur un conduit exhalant ses terribles odeurs à chaque fois que nous l'ouvrons. Nous y enfonçons le sac de détritus et guettons sa chute sonore dans le container collectif situé au sous-sol.

En ce début des années 1970, ma famille a suivi le chemin de nombreux Français dont les revenus sont faibles. Nous découvrons notre première cité et emménageons dans un appartement à loyer modéré.

Réunion de famille aux couleurs de l'époque.

On aborde alors ces nouveaux lieux de vie avec une grande excitation et un certain enthousiasme. Quel confort, soudain, pour cette population ouvrière souvent immigrée !

La garderie : comme à la maison, en plus nombreux.

Des sous pour l'école !

Mais les promoteurs n'ont pensé qu'au logement. Il n'existe rien pour faire vivre la population : ni commerce, ni structure de loisir, ni services. Souvent, il n'y a pas même d'école à proximité. Rien que des étendues goudronnées pour garer sa voiture et d'interminables allées d'herbe, parfois ponctuées d'un arbre valeureux, livré aux vicissitudes de la vie moderne. Nos parents se comportent comme des pionniers dans un pays à conquérir.

Si le taux de chômage reste faible en cette fin des Trente Glorieuses, beaucoup de mères de famille sont encore femmes au foyer. Certaines n'ont jamais travaillé, d'autres ont fait le choix d'interrompre leur vie professionnelle pour élever leurs enfants. Entichées d'une ribambelle de marmots, elles s'observent du coin de l'œil, se croisent embarrassées de poussettes et de sacs de courses dans les escaliers, se sourient, puis prennent leur courage à deux mains et s'adressent la parole. Elles s'invitent à prendre un café, se proposent mutuellement de l'aide, et dans leurs petits salons rectangulaires tous rigoureusement identiques, ces femmes amorcent un mouvement qui va bientôt multiplier les initiatives et faire naître de la vie au milieu du béton.

Ma mère a sympathisé avec deux voisines. Elles partagent toutes les trois ce sentiment d'abandon et d'isolement qui touche beaucoup de femmes des cités. Leur première action sera d'organiser des covoiturages pour emmener les enfants à l'école ou se rendre au supermarché.

Elles ont un projet ambitieux : fonder un comité d'animation pour rompre la solitude et donner une âme au quartier. Elles élaborent des affiches à la main, créent une association loi 1901 et entreprennent des démarches pour pouvoir occuper les locaux sociaux et bénéficier de subventions municipales, afin d'ouvrir une bibliothèque pour les enfants.

Leurs rangs grossissent peu à peu. Les habitantes du quartier, d'abord surprises, adhèrent vite à ce mouvement et les hommes suivent, apportant leur contribution. C'est une petite révolution citoyenne menée de mains de femmes et, rapidement, ces efforts porteront leurs fruits : du néant vont surgir une bibliothèque pour enfants, une salle de danse équipée dans laquelle un professeur du quartier donnera des cours gratuits aux enfants, un circuit de distribution alimentaire parallèle allant du producteur au consommateur avec l'aide de petits agriculteurs bio et des animations ponctuelles.

Quelques journalistes, surpris par le bouillonnement de ce petit laboratoire à échelle humaine, feront les honneurs de la presse aux femmes du quartier.

Parallèlement, on met en place une amicale pour défendre les droits des locataires et obtenir des pouvoirs publics l'ouverture d'une école. Les parents manifestent dans la rue avec pour slogan : « Des sous pour l'école, pas pour les sous-marins ! » Devant tant de détermination, un établissement finira par ouvrir ses portes.

La mode hippie continue de faire des émules.

Jim Henson et quelques-uns de ses monstres gentils.

Génération Casimir

Depuis 1969, les enfants américains sont familiers des personnages de l'émission télévisée « Sesame Street » : un cocktail de marionnettes poilues aux gros yeux ronds, d'acteurs réels et de petites séquences amusantes et éducatives. C'est Jim Henson, génial inventeur du futur « Muppet Show », qui a conçu ce programme. En France, séduite par le succès de « Sesame Street », la troisième chaîne de l'ORTF demande à Christophe Izard de créer un programme de télévision éducatif pour enfants sur le même schéma. Celui-ci prévoit de diffuser plusieurs séquences tirées de « Sesame Street », mais cherche un ciment, un lien à établir entre ces séquences. Yves Brunier, marionnettiste, s'associe à Christophe Izard et invente ce personnage qui deviendra le symbole de toute une génération : un dinosaure souriant à la bedaine généreuse.
Pour l'animer, Yves Brunier endosse lui-même le costume de mousse épaisse dans lequel il peine à respirer, et prête sa voix. Le 16 septembre 1974, Casimir apparaît pour la première fois à la télévision. Il fait une entrée fracassante dans nos vies et tous les soirs, nous nous jetterons désormais sur le petit écran pour ne pas rater les premières notes du générique de « L'Île aux enfants ».
À partir de 1976, les séquences tirées de « Sesame Street » sont remplacées par des productions françaises, avec la marionnette Gribouille, la Noiraude, Albert et Barnabé, mais aussi le professeur Corbiniou interprété par Pierre Desproges. C'est également dans « L'Île aux enfants » que nous découvrirons La Linea. Irascible, caractériel, vantard et irrémédiablement maladroit, ce personnage au gros nez formé d'une seule ligne subira, sur 90 épisodes, les facéties d'une main tenant un crayon et l'expédiant invariablement au fond d'un trou. Ceux d'entre nous dont les parents possédaient une télévision en noir et blanc mettront plusieurs années à prendre conscience d'une réalité surprenante : nous découvrirons la brutalité chromatique de nos personnages favoris sur des images Panini. Casimir est orange, Hippolyte, son cousin, vert pomme, et Léonard le Renard, jaune vif – de quoi nous soulever le cœur !

1975-1979

Les enfants sont des rois

Jaune, rouge, vert, bleu... Il y en a pour tous les goûts !

Colle Cléôpatre et col roulé

Nous voilà débarqués sans ménagement dans l'école des grands, construite récemment pour accueillir les enfants de la cité. Il s'agit d'un grand cube de béton austère, avec un gymnase en préfabriqué et un carrelage de mosaïques triangulaires sur le sol des couloirs.

Le bas de nos pantalons s'est élargi en pattes d'éléphants, que nos jeux à quatre pattes éliment rapidement. Avec une grande ingéniosité, nos mères camouflent cette usure à l'aide de pièces de cuir ou de broderies en forme de petits animaux et de fleurs. La revue *Cent idées* propose aux femmes habiles de leurs mains des patrons de vêtements à confectionner : nous subirons les plus belles fantaisies telles le pull « tête de hibou » ou le gilet « petit village enneigé »... Bien entendu, personne n'échappe au fameux

Chronologie

15 janvier 1975
La loi Veil sur l'avortement est promulguée par le Conseil constitutionnel.

13 avril 1975
Au Liban, une guerre civile oppose les Phalanges chrétiennes aux Palestiniens musulmans et fera près de 200 000 victimes jusqu'en 1990.

17 avril 1975
Pol Pot et ses Khmers rouges s'emparent de la capitale du Cambodge et imposent une terrible dictature : plus d'un million de personnes perdront la vie en quatre ans, soit un quart de la population.

20 novembre 1975
Le général Franco, au pouvoir en Espagne depuis 1939, meurt à 83 ans. Le roi Juan Carlos lui succède et ouvre la voix de la démocratie.

24 juin 1976
L'armée du Nord-Vietnam vient de prendre Saigon. Le camp sud-vietnamien, soutenu militairement par les États-Unis, est vaincu. Le Vietnam est réunifié.

12 novembre 1976
Le rock français a trouvé son porte-drapeau : Jean-Louis Aubert, Louis Bertignac, Richard Kolinka et Corinne Marienneau donnent le premier concert du groupe Téléphone.

25 mai 1977
La saga Star Wars, réalisée par George Lucas, arrive sur les écrans. Elle va instaurer une nouvelle mode de la science-fiction : combinaisons blanches des frères Bogdanoff, jeux vidéos, feuilletons…

11 mars 1978
Claude François meurt électrocuté dans sa baignoire à l'âge de 39 ans.

16 mars 1978
Le pétrolier *Amoco Cadiz* s'échoue sur les plages du Finistère et crache 200 000 tonnes de fuel.

16 janvier 1979
Le shah d'Iran quitte le pays. L'ayatollah Khomeiny rentre d'exil en héros national et instaure une République islamique autoritaire.

1er juillet 1979
Sony lance sur le marché le premier baladeur à cassettes, le walk-man.

Élèves appliqués, parents impliqués.

sous-pull en nylon avec son col roulé et son électricité statique, qui a la particularité de dresser nos cheveux sur notre tête.

Nous découvrons des salles de classe où les rangées de pupitres, encore percés d'un trou pour accueillir un encrier, rappellent le règne désormais révolu des plumes Sergent-Major. Ouf, nous l'avons échappé belle !

Notre génération va s'épanouir dans une école qui cherche à évoluer. Nos instituteurs et institutrices ont à cœur de réinventer leur métier, et nous passons d'une classe à l'autre dans une ambiance souvent ludique. On apprend les lettres de l'alphabet en dessinant un avion pour le « A », un bateau pour le « B »… On aborde le

Manège
au design
« Spoutnik ».

calcul en coupant des parts de tartes aux fraises dessinées au tableau, on écoute des pièces radiophoniques sur France Culture et on termine la journée sur une petite « leçon de choses ».

L'ancien cartable en cuir a été remplacé par un modèle en plastique, plus léger. Il ne contient plus le fourbi nécessaire à la corvée des devoirs, récemment abolis (même si cette réforme n'est pas appliquée partout). Le plumier n'est plus de ce monde : nous disposons d'une trousse qui peut contenir bien des trésors – stylo Bic en plastique transparent dont nous mâchons l'extrémité dans les moments d'intense réflexion, billes de verre en vogue dans les cours de récréation, et modèles réduits de voitures Majorettes.

Nous possédons également une ardoise encadrée de plastique et une petite éponge ronde rangée dans une boîte, qui dégage une odeur de vieille craie et d'eau croupie. D'autres senteurs demeurent inoubliables : celle de la colle Cléopâtre, que nombre d'entre nous tenteront de goûter, et celle, un peu alcoolisée, des feuilles imprimées « stencils » avec leurs inoubliables caractères bleus baveux.

Les notes sont remplacées par un simple commentaire : « insuffisant », « assez bien », « bien » ou « très bien ». Une fois par mois, la cantine se transforme en salle de cinéma et nous y découvrons des dessins animés ou des documentaires pédagogiques.

Bien entendu, il reste des enseignants de la « vieille école » et notre apprentissage reprend parfois la rigidité d'un temps révolu : mémorisation des tables de multiplication, classement affiché des élèves et conjugaison de verbes à l'aide du petit manuel de torture bleu ciel que nous apprendrons à craindre et à détester : le « Bled ».

Alors qu'autrefois l'école était une institution inattaquable, un vase clos qui livrait l'enfant à des règles préétablies, désormais les parents d'élèves s'y impliquent de plus en plus, participent aux débats, s'opposent ou soutiennent les directives ministérielles, se constituent en associations ou en fédérations.

« Tu ne tueras point », sauf pour de rire.

Les enfants s'amusent le dimanche

La chambre d'enfant est devenue un territoire autonome. Nous avons le droit d'y installer notre univers. Chez nous, des lits superposés en aggloméré sont complétés par deux tabourets Tam Tam en plastique orange, caractéristiques de l'époque.

Ah, la gadoue !

On nous offre un nouveau jouet qui va révolutionner nos vies d'enfants : un Playmobil. Au lendemain du choc pétrolier, alors que l'augmentation du prix du pétrole compromettait le commerce des gros jouets en plastique, une société a eu l'idée de produire ces petits personnages articulés, dotés d'ustensiles interchangeables.

Le coup de génie est immédiatement payant. Le premier Playmobil qui tombe entre nos mains est un chef indien avec son cheval couleur caramel.

Visage souriant dépourvu de nez façon smiley, coiffure en zigzags, couleur uniforme, les Playmobils vont se multiplier au rythme des Noëls et des anniversaires. Des dizaines de petits bonshommes, bientôt suivis de leurs variantes féminines, vont envahir nos caisses à jouets. Et si Action Joe, l'équivalent masculin de la poupée Barbie, tentera une percée, rien ne surpassera la poésie un peu rigide de nos petits personnages articulés.

Mais les jouets coûtent cher et ne sont pas légion dans notre cité. Heureusement qu'on peut s'amuser autrement : sous nos fenêtres, nous retrouvons nos copains, presque tous immigrés. On joue aux billes, on se cache dans le local à poubelles, on explore les haies en imaginant d'indéfrichables forêts. Malgré tout, l'ennui n'est pas loin. Nombre de jeunes errent sans but entre les barres de béton.

Les travailleurs sociaux du quartier, parfois aidés par des religieux aux penchants gauchistes, reconnaissables à leur collier de barbe et à leur col roulé, prennent le problème à bras-le-corps. La paroisse nous ouvre un local et organise des séances de catéchisme. On monte des petits spectacles autour du bon Samaritain et entre deux répétitions, faisant soudain fi de tout précepte pacificateur, on s'asticote avec des cannes en roseau.

Un jour, le directeur de la toute nouvelle MJC propose de monter un « terrain d'aventure ». L'objectif est de mettre à la disposition des jeunes du quartier un terrain vague municipal entouré d'une palissade, où ils pourront construire des cabanes. On nous fournit des outils à utiliser comme bon nous semble. La liberté est totale. Des jeunes délinquants côtoyant des enfants, c'est une marmite sous pression à laquelle il faut veiller. Trois travailleurs sociaux, auxquels ma mère se joint, encadrent l'expérience.

On voit pousser des architectures délirantes, parfois des constructions à plusieurs étages, et une véritable ville sort peu à peu de terre. Ni la boue des jours de pluie, ni les clous plantés dans nos pieds, n'arrêtent notre urbanisation frénétique à base d'assemblages de palettes de bois.

Atelier de marionnettes.

Bienvenue chez les p'tits.

Fils de Craô

En ce milieu des années 1970, la culture s'adressant aux enfants est riche et très diversifiée. Du côté de l'édition, des illustrateurs comme Tomi Ungerer et ses inoubliables Trois brigands, *ou Maurice Sendak et son* Max et les maximonstres, *proposent des univers visuels débridés qui offrent des perspectives infinies à notre imagination. Il n'y a aucun formatage, tout est permis, et les techniques les plus diverses se côtoient. Les « Belles histoires » du journal* Pomme d'Api *invitent à chaque numéro un artiste différent, à l'univers singulier. Depuis que la bande dessinée s'adresse également aux adultes, sous la plume de Druillet, Moebius, Gotlib ou Tardi, auteurs phares des premiers numéros des revues* Métal Hurlant *et* Fluide glacial, *on offre aussi aux enfants des publications qui savent défier les tabous.*
Les éditions Larousse publient à partir de 1976 une série de livres qui marquera notre génération : « L'Histoire de France en bande dessinée ». Certains futurs grands auteurs, comme Manara, prêtent leur talent à ces récits réalistes, souvent sanguinaires, qui ne ménagent pas notre sensibilité. Nombre de publications s'inscrivent dans un souci éducatif. Pif Gadget, *initié par le parti communiste, véhicule des valeurs humanistes à travers les personnages de ses bandes dessinées, comme Rahan, le fils de Craô. Si certains gadgets, comme les pois sauteurs, remportent un succès massif, quelques parents, hostiles au culte de l'objet, ce dérivé sournois de notre société de consommation, continuent de résister.*
D'autres publications, plus détachées des grandes préoccupations de notre époque, cherchent à divertir sans poursuivre d'autre ambition : Lucky Luke *(le journal),* Pilote, Le Journal de Tintin, Spirou magazine, Achille Talon magazine *et* Strange, *qui nous propulse dans l'univers des super-héros.*

Des pelouses prises d'assaut par une population lassée du béton.

Des vacances à part

Les années 1970 ont vu proliférer des quantités de vans Volkswagen. Véhicule idéal du nomadisme popularisé par la culture hippie, il offre de nouvelles possibilités d'évasion. Désormais, les premiers camping-cars apparaissent, plus modernes et confortables.

Mon père, inspiré par cette tendance, passera plusieurs mois à aménager une petite camionnette Peugeot J7. Eau, électricité, table, lits démontables, cuisine, four, placards... Tout est prévu pour y faire vivre notre famille. Nous passons nos nuits un peu à l'étroit, mais l'aventure n'a pas de prix. Grâce à cet engin, nous irons tous les week-ends respirer l'air de la campagne et nous ferons des voyages inoubliables chaque été.

Sans conteste, la star des pistes roses.

Écrans

Côté cinéma, j'échappe à « l'impérialisme culturel américain » de Walt Disney par choix idéologique de mes parents, mais certains films me sont autorisés, comme le triste et poétique *Pinocchio* de Luigi Comencini, dont la petite ritournelle tournera dans nos têtes pendant des années.

En 1975, le film qui marquera notre inconscient pour toujours ne s'adresse pas aux enfants. Les nombreuses affiches placardées dans les rues, les produits dérivés et les extraits aperçus à la télévision nous traumatiseront pourtant durablement. Dans cet extrait, une silhouette humaine allongée sur un matelas pneumatique agite ses jambes dans l'eau. La caméra l'observe depuis les profondeurs de la mer et s'en approche lentement, sur fond d'une mélodie sinistre et angoissante. Nous n'en saurons pas plus, mais l'affiche du film ne laisse pas place au doute : elle représente un immense animal surgissant des profondeurs et fonçant droit vers un nageur... *Les Dents de la mer* nous fascine à tel point que cette année-là, pour la fête des pères, je réalise un requin blanc grimaçant en plâtre.

Une génération d'enfants thalassophobes.

La télévision pour enfants continue de suivre la voie ouverte par Christophe Izard : elle se veut éducative. L'émission « Les Visiteurs du mercredi » est diffusée cinq heures par semaine et se transforme, pour les fêtes, en « Visiteurs de Noël ».

Quelques séries cultes américaines franchissent les barrières de la censure parentale. On nous accorde ainsi le droit de regarder « Starsky et Hutch », « Drôles de dames », « L'Homme qui valait trois milliards » ou encore « La Croisière s'amuse »...

La crise

Les temps changent. Depuis le choc pétrolier de 1973 et la fin de trois décennies d'opulence, l'économie française est en récession. En 1979, un deuxième choc va achever d'installer une nouvelle crise économique. Le chômage atteint des taux inédits et génère une angoisse toute nouvelle. Les initiatives collectives, qu'on juge responsables de notre manque de compétitivité, passent de mode. Il faut garder son travail, se barricader, protéger sa situation individuelle, réussir coûte que coûte. La génération de nos parents entre brutalement dans les années 1980 et découvre le libéralisme naissant.

Ce durcissement se répercute dans nos cités, dont l'équilibre fragile peut se briser facilement et exploser comme une fiole de nitroglycérine. Face aux rumeurs selon lesquelles la drogue prolifère, plusieurs institutrices organisent une réunion d'information auprès de leurs jeunes élèves et constatent, horrifiées, qu'ils en savent bien plus qu'elles sur le sujet… Le racket est répandu et les disparités sociales provoquent bien des conflits, même chez les plus jeunes.

Certaines des mères qui sont restées longtemps sans travailler tentent de retrouver un emploi. Égarées dans un monde professionnel bouleversé par les progrès technologiques, elles doivent souvent passer par des stages de formation longs et décourageants. Signe que les temps changent, on bétonne la petite rivière proche de notre cité – et les enfants ont beau manifester déguisés en grenouilles, rien n'y fait.

Bientôt, nos cités vont se vider de tous ceux qui peuvent se permettre de partir. Comme la plupart de leurs amis, mes parents suivront la voix néo-rurale : nous quitterons notre cité pour un petit village à la campagne.

C'est la crise, mais on préserve le lien social.

Le grand départ.

De profonds bouleversements sont aussi à l'œuvre dans le paysage télévisuel : L'ORTF n'est plus. Place à TF1, Antenne 2 et FR3. En 1978, Goldorak, redoutable robot à l'allure martiale, débarque du Japon dans l'émission « Récré A2 », animée par Dorothée. La France, encore soucieuse de l'éducation de ses enfants, s'interroge et s'inquiète : vont-ils vraiment devenir débiles ?

Un an plus tard, le feuilleton japonais « San Ku Kai », une parodie de « Star Wars », déferle sur nos écrans. Nous nous précipitons sur les cours d'arts martiaux. Quelques semaines après l'arrivée de Goldorak, Candy fait son entrée et entraîne les petites téléspectatrices dans des aventures à l'eau de rose, teintées de drames et d'injustices.

Goldorak inspire les artistes en herbe.

Cette armada de divertissements pour enfants va tourner la page de la télévision éducative. Vaincu, Casimir disparaîtra au début des années 1980. Alors qu'au cours des années 1970 on s'était efforcé de rompre avec les modèles sexistes, cette fin de décennie annonce le retour des distinctions : les garçons savourent les galvanisantes aventures du guerrier Actarus, prince d'Euphor, tandis que les filles assistent à l'apologie du sacrifice et aux larmes récurrentes de la fillette aux boucles blondes.

Il sera de plus en plus difficile de protéger nos Barbie des mains des petits frères et sœurs.

Pixels

Les premiers « microcomputers » domestiques apparaissent. Depuis quelques années, les inventions et les innovations se succèdent dans une course folle : carte à puce, processeur huit beats, lecteur de disquette... L'Apple II, le Commodore PET 2001 ou encore le TRS-80 de Radio Shack sont pour le moins massifs – des caissons couleur crème aux angles arrondis et au tout petit écran, ou des monocoques encombrants. Ils s'accompagneront des premières calculatrices de poche et montres à quartz.
De son côté, la firme Atari commercialise déjà des consoles à brancher sur sa télévision pour faire tourner les premiers jeux vidéo. On y insère une imposante cassette en plastique, et on se retrouve instantanément aspiré par l'abstraction du pixel.
Dans le mythique Pong, de simples carrés blancs suggèrent un match de tennis. Puis, Taito commercialise Space Invaders et lance le concept du « shoot them up », un tir de foire inspiré de Star Wars. Ce jeu offre la possibilité d'enregistrer son score : il nous arrive de passer des heures à recommencer la même partie pour améliorer notre niveau. On fait appel à notre imagination pour reconstituer l'invasion de vaisseaux aux allures de crânes de pirates à partir d'un graphisme très minimaliste. Si Antoine de Saint-Exupéry a su faire entrer un mouton dans une boîte, Atari et ses concurrents parviennent à mettre une escadrille de bombardiers dans des pixels...

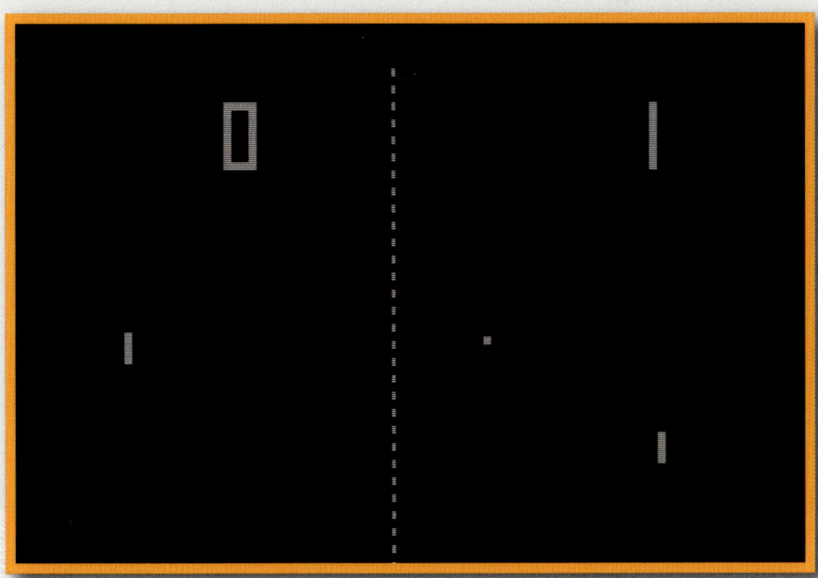

Pong, l'un des tout premiers jeux vidéo.

1980-1983

Une enfance qui s'achève

Une vraie maison

Dès le milieu des années 1970, de nombreuses familles font leur « retour à la terre ». Même si elle s'essouffle légèrement, la tendance persiste en ce début des années 1980, et beaucoup d'entre nous

Arrivée dans un nouveau monde.

Chronologie

14 août 1980
En Pologne, la grève des chantiers navals de Gdansk déclenche une crise sociale majeure. Le syndicat Solidarnosc, avec à sa tête Lech Walesa, fait céder le gouvernement communiste.

22 septembre 1980
Saddam Hussein et l'ayatollah Khomeiny entraînent l'Irak et l'Iran dans une guerre qui durera huit ans et fera plus d'un million de victimes.

30 octobre 1980
« J'appelle les fainéants, les crasseux, les drogués, les alcooliques, les pédés, les femmes, les parasites, les jeunes, les vieux, les artistes, les taulards, les gouines, les apprentis, les noirs, les piétons, les Arabes, [...] à voter pour moi, à s'inscrire dans leurs mairies et à colporter la nouvelle. » Coluche annonce sa candidature à la présidence de la République.

5 janvier 1981
Cinq cas d'une forme rarissime de pneumonie sont relevés aux États-Unis ; tous les patients concernés sont homosexuels. Le sida se révélera bientôt être une épidémie qui marquera profondément notre jeunesse.

20 janvier 1981
Élu président des États-Unis, Ronald Reagan, ancien cow-boy et acteur, prononce son discours d'investiture.

10 mai 1981
François Mitterrand, candidat socialiste, est élu président de la République.

11 juin 1982
Un gentil extraterrestre au long cou et aux gros yeux globuleux renouvelle le genre de la science-fiction : *E.T.*, de Steven Spielberg, bouleverse petits et grands.

16 septembre 1982
Début des massacres de Sabra et Chatila, au Liban, où les Phalanges chrétiennes exécutent des centaines de réfugiés palestiniens sans que les troupes d'occupation israéliennes interviennent.

30 novembre 1982
Sortie de *Thriller* de Michael Jackson, qui deviendra l'album le plus vendu dans le monde.

5 juillet 1983
Vainqueur de Roland Garros, Yannick Noah, en larmes, se jette dans les bras de son père et brandit son trophée.

connaîtront une immersion brutale dans la ruralité.

Le choc est immense : autrefois obstrué par nos immeubles familiers, l'horizon s'est soudain dégagé. Aucune construction ne dépasse deux étages et les toits de tuiles ne sont pas plus hauts que les arbres qui poussent à quelques pas des jardins. La grosse cloche de l'église sonne toutes les heures. Le reste du temps, quel silence ! Aucun cri, aucun bruit de mobylette...

Enfants du béton transplantés dans une terre inconnue, nous avons quitté nos repères, nos amis, nos habitudes, notre grande école, la mixité du quartier. Mais rapidement, nous formerons une petite bande avec des enfants de notre âge, à qui nous transmettrons notre maîtrise de l'art d'ériger des cabanes. Les bambouseraies, les forêts, les champs sont nos nouveaux terrains d'aventures. Des clans se forment : ceux de l'école publique contre ceux de l'école privée. Nous avons quitté le climat parfois difficile de la cité mais nous retrouvons d'autres tensions, plus grégaires, des rivalités de territoires entre gosses d'ici et nouveaux venus.

Les copains du village.

Notre intégration est laborieuse. Les vieux du village parlent patois devant nous, comme pour nous signifier que nous sommes des étrangers. Mais nos parents savourent ce retour à la terre comme une consécration, après tant d'années dans la poussière des villes et des voitures.

On achète le lait à la ferme du coin, tout juste sorti de la vache, encore chaud et horriblement crémeux. On retourne la terre dans notre jardin et on se lance dans la culture d'un potager sous l'œil goguenard de certains paysans du coin : pieds de tomates, fèves, haricots... On recycle les déchets organiques dans un compost. Les préoccupations écologiques que certains défendent depuis plusieurs années trouvent ici un écho favorable. La revue *UFC Que choisir* nous informe régulièrement de divers dangers alimentaires.

Notre rapport à la médecine a également changé : auparavant, les antibiotiques, vendus dans de grosses bouteilles en plastique rose, étaient utilisés à tout-va. Ces excès ont eu pour effet de jaunir durablement l'émail des dents de beaucoup d'entre nous. Comme 16 % des Français, nous découvrons désormais l'homéopathie. Trois petites granules blanches grosses comme des têtes d'épingles et au goût légèrement sucré, à garder longtemps sous la langue. Après tout, il paraît que ça soigne et que c'est moins nocif... Quelle aubaine !

Nous les enfants, nous profiterons beaucoup des possibilités offertes par ce nouvel habitat. Nous serons aux premières loges pour accueillir l'arrivée triomphale du vélo cross, tout droit venu des États-Unis. Deux engins rutilants munis de roues à crampons entrent alors dans notre garage : un vert et un bleu. Mon frère et ma sœur font une forte impression dans le village et, sous les réclamations des autres enfants, ils organisent un système de location sur la place principale : un tour de vélo pour un franc. Ils font fortune dans la journée mais nos parents, indignés par ce procédé capitaliste, les envoient restituer leurs gains dans la foulée.

Les années collège

Personne n'échappe à l'invasion disco.

Nous avons grandi, les portes de l'école primaire se sont refermées derrière nous et nous pénétrons désormais dans l'enceinte du collège. À côté des élèves de troisième, qui ont entamé leur puberté, nous avons l'air de nains ensevelis sous leurs cartables.

La grande nouveauté, c'est cette multitude de professeurs et de cours différents, ces va-et-vient incessants dans les couloirs. Il faut retenir tous les noms, tous les horaires : l'inquiétude et l'excitation se mêlent dans nos esprits.

Nous commençons à apprendre l'anglais, mais nous nous initions aussi, à l'occasion d'un cours d'éducation manuelle et technique, à la couture, au bricolage et à la cuisine. L'éducation physique et sportive s'ajoute à la musique, aux arts plastiques, aux sciences naturelles et aux sciences physiques. Pour le reste, nous retrouvons des matières que nous connaissons déjà, comme le français ou les mathématiques.

Sophie Marceau. Comme elle, nous ne sommes plus tout à fait des enfants.

Sapins de Noël d'une enfance qui s'achève.

Nos trousses s'emplissent de nouveaux outils : le bic effaçable avec sa gomme noire et râpeuse, le stylo à plume et son inséparable effaceur, qui troue les pages de nos cahiers, et des feutres surligneurs fluorescents Stabilo, inutiles mais attractifs.

On nous donne une avalanche de devoirs, qui ne nous laissent plus beaucoup de repos. Ils gâchent nos soirées et nos week-ends, et les dimanches soirs deviennent synonymes d'angoisse quand, à la lecture de nos cahiers de textes, nos parents découvrent que nous avons tiré au flanc.

Nous découvrons notre emploi du temps, qui nous paraît digne de celui d'un ministre, et un traître carnet de liaison à la couverture beige, qui permet à chaque professeur de communiquer directement avec nos

Le baladeur, pour un plaisir musical solitaire.

parents. C'est cet objet délateur qui poussera nombre d'entre nous à apprendre l'art de la calligraphie et à s'exercer à reproduire des signatures.

Il y a tant de bâtiments, de couloirs et de salles qu'il nous arrive de nous perdre. Il nous faudra pourtant grandir vite : les « bébés », ici, ça ne fait pas long feu.

Nous connaîtrons nos premiers frissons amoureux si rapidement que nous ne saurons pas toujours en identifier la nature. *La Boum*, suivi de *La Boum 2*, avec Sophie Marceau, font grand bruit l'année de notre entrée en sixième. Ces films mettent en scène des adolescents de notre âge, qui partagent nos préoccupations et connaissent ce plongeon de l'enfance vers les premiers flirts. Certains s'entraînent à rejouer les meilleures scènes de baisers, et des idylles éphémères voient le jour dans la cour de récréation.

Match entre les deux candidats à la présidentielle.

Quelque chose a changé

C'est une contradiction française : alors que la révolution libérale gagne chaque jour du terrain, le programme qui va convaincre les électeurs se fonde sur des nationalisations massives. La crise économique fait bien des dégâts, la révolte sociale gronde et la France n'a pas connu d'alternance politique depuis les débuts de la Vᵉ République. Beaucoup aspirent au changement, espèrent un souffle d'air frais. Au conservatisme, on oppose la voie de la modernité et de l'épanouissement de l'individu dans une société plus libre.

Ce soir du 10 mai 1981, à l'annonce des résultats de l'élection présidentielle, une image très pixélisée apparaît et un visage se dessine peu à peu. On voit d'abord un front dégarni, dont certains sont convaincus qu'il s'agit du crâne de Valery Giscard d'Estain. Puis, le sourcil brun et épais de François Mitterrand précise l'image et l'identité du vainqueur. Dans nombre de foyers français, cette surprise provoquera des hurlements de joie, tandis que d'autres, épouvantés, se mettront à redouter l'arrivée imminente des chars russes aux portes de Paris.

Les premières années de cette nouvelle présidence seront marquées par l'abolition de la peine de mort grâce à Robert Badinter, par l'ouverture de la bande FM aux nombreuses radios libres, ou encore par l'instauration de la fête de la Musique sur l'entremise du très médiatique Jack Lang.

De nouveaux jouets pour petits et grands

En 1982, le film Tron glorifie l'univers du jeu vidéo.

Une frontière tombe : les jeux et les jouets ne sont plus réservés aux enfants. Les années 1980 invitent tant au divertissement que, désormais, les objets de loisir circulent entre les générations.
Les jeux vidéo ont pris un essor spectaculaire : le temps du simple pixel figurant une balle de tennis est déjà révolu. Le graphisme évolue peu à peu, les couleurs permettent des subtilités nouvelles. Pac Man apparaît en 1980 ; Donkey Kong présente Super Mario, un petit plombier moustachu coiffé d'une casquette rouge. En 1985 sort la première version du jeu Tetris, qui ne cessera d'évoluer au fil du temps. Qui l'eût cru : des petites briques qui chutent lentement font maintenant partie de nos principales préoccupations…
Mais la véritable révolution, c'est l'apparition des premières consoles portables, commercialisées par Nintendo dès 1980. Taille adéquate pour tenir dans une poche, cadran doré encadré d'une couleur, petit écran à cristaux liquides, deux touches de contrôles (« A » et « B »)… Les Game & Watch inondent le marché avec une soixantaine de jeux différents sortis en une décennie – chaque console ne pouvant lire qu'un seul jeu. On s'en lasse vite et on l'oublie au fond d'un tiroir… Quant au mythique Simon, avec ses grosses touches lumineuses, il fait autant office de jouet d'éveil pour les plus petits que de jeu de groupe pour les plus grands.
Un objet apparaît, qui cristallisera toutes les passions de notre époque et deviendra le symbole des années 1980 : le Rubik's Cube. Le concept n'a rien de révolutionnaire – vulgairement, on appelle ça un « casse-tête » – mais esthétiquement, l'objet est une belle réussite. Il va plonger les grands acharnés dans une course de mouvements de poignets de plus en plus rapides, accompagnée de craquements sonores caractéristiques, tout en sollicitant notre sens de la logique et nos capacités de calcul. Ceux qui ne comprennent pas cette mécanique mathématicienne regarderont les autres assembler les six combinaisons de couleurs avec la vague sensation d'avoir été oubliés le jour de la distribution des cerveaux.

Une prise de tête ? Non, un symbole.

La place du village, centre névralgique de toute rencontre.

« Chacun fait, fait, fait… »

Le groupe Chagrin d'amour et sa chanson *Chacun fait (c'qui lui plaît)*, Jackie Quartz et sa *Mise au point* ainsi qu'Indochine avec *L'Aventurier* nous font entrer dans l'ère de la musique pour adolescents et nous détournent peu à peu du monde de l'enfance avec ses merveilles animées comme « Albator », « Ulysse 31 » ou encore « Capitaine Flam ». En revanche, nous nous passionnons pour les aventures de John Blackthorne, échoué dans un Japon médiéval, avec la série « Shogun », et nous nous amusons avec l'invraisemblable « Mystérieux docteur Cornélius ».

En gravissant les échelons des classes supérieures, nous affichons de plus en plus de détachement. L'apparition de la puberté et la croissance fulgurante qui s'en est suivi ont relégué dans le placard du petit frère ou de la petite sœur notre garde-robe de sixième.

Nos réclamations auront raison des réticences de nos parents : nous voilà propriétaires d'un premier véhicule. Le casque nonchalamment accroché au poignet, nous garons fièrement notre mobylette devant la grille d'entrée du collège.

Peugeot 103 ou Vespa Ciao, la « mob » fait de nous des grands. Les plus bricoleurs trafiquent leur engin pour en augmenter la vitesse, et des concours

Toujours aussi peu peur de la couleur...

sont organisés dans de bruyantes pétarades.

Désormais, nous prenons en main notre apparence. Les hypermarchés et les immenses galeries commerciales qui voient le jour à l'époque offrent d'innombrables possibilités vestimentaires, parmi lesquelles nous tentons de faire un choix – pas toujours très éclairé. Il s'agit de travailler son « look » : keffieh arabe, veste en daim ou blouson coupe-vent. Le polo Lacoste et son petit col à boutonnière s'impose, tandis que le jean fait place au pantalon à pinces, en toile de préférence. Inspirées par Madonna, les filles portent une multitude de bracelets fins en caoutchouc noir. Reste de l'enfance, elles attachent des scoubidous tressés aux fermetures éclair de leurs sacs.

Le sac US est d'abord porté sur le dos puis, au fur et à mesure que nous nous décontractons, en besace jetée sur l'épaule. Il devient un objet totémique que nous couvrons de graffitis pour afficher nos goûts et nos préférences musicales. On « oublie » de plus en plus souvent nos manuels scolaires et nos cahiers dans le but avoué d'alléger nos sacs – fini le temps où on tremblait face aux menaces des professeurs.

Parfois, nous osons apporter au collège de quoi écouter les centaines de tubes que les nouvelles radios libres déversent sur les ondes. Le walkman est toujours très tendance, mais on lui préfère désormais les gros « ghettoblasters », radiocassettes rectangulaires équipés d'une poignée très utile pour parader.

Les clips deviennent de véritables performances cinématographiques et Michael Jackson fait danser les morts vivants sur *Thriller*. En 1984, la saga du Top 50 commence sur la toute nouvelle chaîne Canal+, avec Marc Toesca et son sempiternel « Salut les petits clous ». Le 45 tours reste le support musical de ces années-là.

Le fric c'est chic !

Peu à peu, la culture découlant des rêves hippies perd du crédit. On ne parle plus de flower power, ni ne nourrit d'enthousiasme hédoniste. Les utopies pacifistes sont loin. La Guerre des étoiles, *suivi en 1980 de* L'Empire contre-attaque, *contribuent à installer durablement une fascination pour la technologie, le* space opera *et les ordinateurs. La crise aidant, on se met à vouer un culte à l'argent dans une débauche de fin des temps.*
Les signes extérieurs de richesse se multiplient. L'individualisme chasse la notion de collectivité. La première campagne publicitaire s'appuyant sur le procédé dit du « teasing » annonce : « Le 2 septembre, j'enlève le haut. » À la date annoncée, un corps dénudé envoie valser une décennie de lutte contre la marchandisation du corps des femmes. Mais qu'importe. Comme l'annonce la marque New Man : « La vie est trop courte pour s'habiller triste. »
On accorde désormais aux femmes le droit de porter la culotte et de se fondre dans le monde très masculin du travail. Mais attention ! Pas question pour autant de négliger sa féminité. Un brin cynique, Michel Sardou célèbre celles qui ont « réussi l'amalgame de l'autorité et du charme ».
Côté mode, le sportswear se répand et les couleurs flashy ou fluorescentes nous transforment en enseignes lumineuses. Les marques s'affichent, c'est l'essor du logotype. Faire la fête, s'amuser devient un mot d'ordre. On s'attrape par la taille dans des chorégraphies désinhibées au son de La Danse des canards.

La mode réhabilite le clinquant.

1984-1987

Roulez, roulez **jeunesse !**

Les imprimés de la décennie précédente n'ont pas encore totalement disparu.

Dans les couloirs du lycée

Après le collège, les orientations diffèrent. Pour certains, c'est déjà la voie de la professionnalisation : ils obtiendront bientôt un brevet d'études professionnelles (BEP) ou un certificat d'aptitude professionnelle (CAP). D'autres entrent au lycée et découvrent un univers totalement nouveau.

Chronologie

11 août 1984
Le champion américain Carl Lewis triomphe aux jeux Olympiques de Los Angeles avec quatre médailles d'or. Les athlètes soviétiques ont boycotté la compétition.

15 octobre 1984
Pour faire face à la montée du racisme (le Front national vient de passer la barre des 10 % aux élections européennes), l'association SOS Racisme est fondée. Les petites mains jaunes frappées de la mention « Touche pas à mon pote » fleurissent sur nos blousons.

11 mars 1985
En URSS, Mikhaïl Gorbatchev devient secrétaire général du parti communiste. Il engagera un immense mouvement de réformes (« Perestroïka » et « Glasnot »).

29 mai 1985
À Bruxelles, lors d'un match de football dans le stade du Heysel, des violences perpétrées par des hooligans créent un mouvement de panique. 39 personnes meurent piétinées ou étouffées.

14 janvier 1986
Le chanteur Daniel Balavoine et l'organisateur du rallye Paris-Dakar Thierry Sabine sont tués dans le crash de leur hélicoptère, dans le désert du Mali.

20 février 1986
En France, Silvio Berlusconi lance la chaîne privée La Cinq, qui diffuse des séries comme « Shérif fais-moi peur », « Supercopter », « K2000 » ou « L'Agence tous risques ». Désormais, le désœuvrement a un nom.

11 avril 1986
La comète de Halley a rendez-vous avec la Terre : ce jour-là, elle passe à soixante-trois millions de kilomètres au-dessus de nos têtes.

25 avril 1986
En Ukraine, le réacteur n° 4 de la centrale de Tchernobyl dans la région de Kiev s'emballe suite à une série d'erreurs humaines.

19 juin 1986
Michel Colucci, dit Coluche, percute un camion en moto et meurt sur le coup.

11 mai 1987
Klaus Barbie, ancien commandant de la Gestapo de Lyon, est jugé et reconnu coupable de la déportation de plusieurs centaines de Juifs, dont 44 enfants. Il sera condamné à la prison à perpétuité.

J7, 2CV et... musique !

Sur le parking, des voitures appartenant à des élèves de terminale côtoient celles des professeurs, preuve que nous sommes face à la porte qui nous sépare du monde adulte. Un vaste local sert à garer les innombrables deux-roues du lycée. Sur les marches des grands escaliers permettant d'accéder au hall d'entrée, des lycéens sont assis en bandes, dans des postures détachées, et fument le plus naturellement du monde des Camel ou des Marlboro. Dans le hall d'entrée, une machine à café permet à chacun de parfaire sa panoplie de la décontraction : cigarette dans une main, gobelet en plastique dans l'autre.

Une sacoche ou une vieille serviette en cuir coincée sous le bras remplacent le cartable, rangé au musée de l'enfance. Les encombrants cahiers Clairefontaine ont laissé place à un classeur unique avec intercalaires, dans lequel nous rassemblons nos cours. Le « Lagarde et Michard », vestige de la lourdeur des manuels d'antan, vient parfois gonfler le ventre de nos sacoches.

Ici, nous sommes entre personnes de bonne compagnie : nos classes rassemblent des élèves dont les aspirations sont proches. Nous sommes en train d'affirmer ce que nous souhaitons devenir : scientifiques, littéraires, matheux... Nous revendiquons autant nos domaines de compétences que ceux de nos incompétences.

Entre midi et quatorze heures, après un repas à la cantine où nous découvrons le self-service, nous quittons l'enceinte du lycée sans sanctions ni menaces. Nous nous retrouvons au café le plus proche où, après avoir déposé nos casques de mobylette sur une chaise, nous révisons, discutons, emplissons le cendrier de mégots. Baby-foot au fond de la salle, juke-box à l'entrée, je glisse des pièces d'un franc et fais défiler *Walking on the Moon*

Madonna impose son style.

de Police ainsi que d'autres morceaux que j'isole parmi la navrante liste de tubes de l'époque, que j'estime indignes de ma jeunesse.

La mode *new wave*, Madonna, ou encore le groupe Europe instaurent de nouvelles tendances vestimentaires : le jean fait son retour en 1986 avec le modèle « bleach », totalement délavé. Les cheveux se rallongent : peroxydés et frisés, ils se portent souvent courts sur les côtés.

Le style « surfeur » est très à la mode. En équilibre sur la vague, il est un symbole de notre époque.

La crise d'adolescence ?
Quelle crise d'adolescence ?

La marque Quick Silver, importée récemment en France, distille ses très populaires sweat-shirts ornés de motifs polynésiens circulaires et de mentions comme « Keep cool ».

Les flirts inconséquents du collège ont laissé place à des relations plus sérieuses. Des couples s'enlacent et se bécotent sur les marches du lycée ou dans la cour.

Sting, du groupe Police, en 1985.

Un drame sans précédent

Le 25 avril 1986, dans la centrale nucléaire de Tchernobyl en Ukraine, on décide de procéder à un test du relais du système de refroidissement dans le réacteur n°4. Suite à une série d'erreurs de manipulation, qui n'ont pas été détectées par le système d'alarme alors débranché, la puissance du réacteur augmente. Les employés de la centrale tentent de prévenir leur responsable, mais face à ses menaces, ils poussent l'exercice jusqu'au bout. Le réacteur atteint une puissance cent fois plus élevée qu'à la normale.

À 1 h 23, une explosion provoquée par un embrasement d'hydrogène soulève le bouclier de plusieurs tonnes qui protégeait le réacteur. Son cœur en fusion libère dans l'air des dizaines de tonnes de vapeur radioactive (deux cents fois plus que ce qui est retombé sur Hiroshima et Nagasaki). Les murs en béton, d'une épaisseur d'un mètre, se gondolent comme du caoutchouc. Les techniciens qui ont survécu à l'explosion développent immédiatement des symptômes graves : hospitalisés, ils mourront peu de temps après.

Les médias soviétiques minimisent l'incident. Le lendemain, on distribue à la population des dérisoires cachets d'iode, puis on l'évacue en deux heures. En une semaine, toute la région sera vidée de ses habitants. La radioactivité se répand sur des milliers de kilomètres et contamine tout être vivant.

Un « liquidateur » de la centrale.

À ce stade, les Soviétiques n'ont toujours pas révélé l'ampleur de l'incident : c'est la Suède qui découvrira la présence d'un point anormalement chaud sur une photo satellite. Un nuage contaminant plane alors sur l'Europe, recouvrant tout l'hémisphère nord de la planète. Le 30 avril, il fait beau en France, un soleil radieux annonce le printemps. Nous sommes dehors et profitons de cette douceur. Les médias français nous rassurent : par miracle, le nuage radioactif a contourné nos frontières.

À Tchernobyl, des pompiers dépourvus de protections tentent de noyer l'incendie, au risque de provoquer l'effondrement du magma en fusion et une explosion du réacteur. Finalement, des hélicoptères se relaieront pour jeter des sacs de sable et du plomb dans le brasier. Toujours sans protections adéquates, plusieurs milliers de « liquidateurs » se succèderont sur le site pour stopper la réaction nucléaire et sont irradiés. Le 6 mai, le cœur fondu en lave du réacteur s'écoule et se solidifie dans les profondeurs de la terre.

Les conséquences de cet accident seront terribles, pour l'environnement comme pour la population. On ne sait pas exactement combien d'êtres humains devront à Tchernobyl le développement d'un cancer. Sur place, la vie subira des mutations effrayantes. C'est alors le plus grave accident nucléaire civil que l'humanité ait connu.

Alternatifs !

Cette année-là, nous découvrons la cohabitation : la gauche, battue aux élections législatives, doit se retirer de l'hôtel Matignon. François Mitterrand refuse de démissionner et désigne Jaques Chirac pour constituer un nouveau gouvernement.

Le Rassemblement pour la République (RPR) est devenu majoritaire. C'est une droite « dure » qui arrive au pouvoir, avec des ministres comme Charles Pasqua et Philippe Seguin. Sourire carnassier et bedaine généreuse, ils renvoient à une imagerie de vieux mafieux, esprit tontons flingueurs.

Il nous arrive d'afficher des attributs de la contestation : le mouvement punk, qui a déferlé à la fin de la décennie précédente en Angleterre, a mis un certain temps avant de gagner la France. Le « No Future » du début a laissé place à un militantisme libertaire, incarné chez nous par les Béruriers noir et leur « Salut à toi ». On parle simplement de mouvement alternatif.

Bracelet clouté au poignet, jean troué, chaussures militaires aux pieds, les « keupons » de ces années 1980 se distinguent de leurs aînés par une contestation burlesque anarcho-clownesque. Ils côtoient souvent les rastas, avec qui ils partagent un amour du cannabis, et les gothiques, inspirés par les Cure, mais s'opposent totalement aux hard-rockeurs chevelus, jugés trop prétentieux. Grâce à la photocopieuse, ils diffusent des fanzines bricolés à

Bières, pogos et blousons noirs.

grand renfort de lettres découpées puis collées, et de textes tapés à la machine. Avec des bombes de peinture et des pochoirs, ils ornent les murs de la ville de peintures guerrières.

On voit également fleurir les premiers tags et graffs multicolores aux lettres « bubble » arrondies. Certains d'entre nous s'achètent une guitare électrique bon marché et montent un improbable groupe de rock avec des copains. Nous nous retrouvons tous les samedis dans une cave ou un grenier, pour faire trembler nos petits amplis cinq watts et les oreilles de nos pauvres parents au son de *Smoke on the Water*.

La place de la Bastille est investie par la contestation lycéenne de 1986.

« Devaquet, si tu savais »

Notre génération n'est pas fortement politisée. Pour quelques-uns, l'engagement contestataire constitue plutôt une façon de s'affirmer, de s'habiller, de se réunir par affinités.

En novembre 1986, nous prenons tant bien que mal notre nouveau rythme scolaire. Un jour, des jeunes délégués syndicaux de l'Union nationale des étudiants de France (UNEF) entrent dans notre lycée. Grâce à des porte-voix, ils créent une grande agitation. Nous nous rassemblons tous pour les écouter : selon eux, le projet de loi Devaquet va mettre en danger les universités.

Souvent encouragés par nos professeurs, nous entrons peu à peu dans un grand mouvement de grève. Les élèves en arts plastiques sont mis à contribution pour dessiner des pancartes et des banderoles : « Nous n'attendrons pas mai 2068, la révolution tout de suite ! »

Nous nous prenons à ce jeu galvanisant, marchant d'un pas énergique dans la rue qui nous appartient. Nos parents ont eu la révolution de leur jeunesse. C'est une évidence pour nous, une histoire de relève : en scandant les slogans anti Devaquet, nous adressons un message à la génération de nos parents. C'est à notre tour d'être jeunes.

D'abord peu pris au sérieux, nous nous installons dans une résistance durable qui finit par gagner toute la France. Le 6 décembre, dans les rues de Paris, les brigades de « voltigeurs » de Robert Pandraud et de Charles Pasqua surgissent : ces binômes de motocyclistes armés de longs bâtons donnent la chasse aux manifestants. Ils croisent le jeune Malik Oussekine qu'ils vont rouer de coups, jusqu'à la mort.

C'est cette bavure qui va éveiller nos consciences. Le meurtre par les forces de l'ordre d'un jeune Maghrébin de notre âge nous laisse sonnés. Le projet de loi Devaquet sera abandonné dans la foulée mais notre mouvement va se prolonger, désormais porté par la colère.

Ce jour du 6 décembre 1986, Jaques Chirac perd l'adhésion de la jeunesse : en 1988, lors des élections présidentielles, cette jeunesse pèsera de tout son poids pour redonner à François Mitterrand une majorité de gauche.

Hommage à Malik Oussekine, rue Monsieur-le-Prince à Paris.

Un vent de révolte. L'URSS connaît ses derniers instants.

La chute du Mur

Le monde reste divisé en deux blocs et le cinéma hollywoodien continue d'enseigner au monde entier le péril communiste, avec notamment Rambo 2, le massacreur de « Viets », et Rocky 4, un modèle de propagande antisoviétique.
Le mur de Berlin, symbole de la division du monde moderne, est un décor familier. Il est là comme la muraille de Chine, témoignage d'un passé lointain, déroulant, sans doute pour des siècles encore, ses kilomètres de plaques de béton, de miradors et de barbelés.
Pourtant, depuis quelques années et grâce à la perestroïka souhaitée par Mikhaïl Gorbachev, nos voisins de l'Est font trembler cette Union des républiques socialistes soviétiques. En 1989, l'armée soviétique, embourbée dans sa « guerre du Vietnam » se retire d'Afghanistan. Ce grand échec militaire marque la fin d'une puissance incontestée. Peu à peu, les peuples d'Europe de l'Est prennent leur courage à deux mains et tentent de s'émanciper. La Hongrie donne le coup d'envoi en mettant fin à la République populaire de Hongrie. La frontière austro-hongroise est ouverte. On parle de chute du rideau de fer. Puis la Pologne sort à son tour du pacte de Varsovie. Le syndicat d'opposition Solidarnosc est reconnu comme une force politique, et le premier gouvernement non communiste est élu. De nombreuses manifestations mettent les responsables de la République démocratique allemande sous pression. La chute du Mur sera due à un couac dans la communication du bureau politique : l'ouverture des frontières est annoncée alors qu'elle n'a pas encore été validée en haut lieu.
Le résultat est immédiat : des milliers d'Allemands de l'Est se précipitent aux postes de contrôle pour passer à l'Ouest. C'est un train lancé à toute vapeur que personne ne peut arrêter. Peu de temps après, armés de pioches et de marteaux, les Allemands démantèlent le Mur dans des cris de joie et célèbrent leur liberté retrouvée. Le reste du bloc de l'Est tombera comme un jeu de dominos : révolution de Velours à Prague, révolution en Roumanie où le dictateur Nicolae Ceausescu et sa femme seront fusillés devant les caméras.
Le 26 décembre 1991, l'Union des républiques socialistes soviétiques disparaîtra.

Nirvana réveille la révolte électrifiée d'une jeunesse sans illusions.

Notre propre chemin

Nos années de lycée se terminent sur l'épreuve tant redoutée du baccalauréat. Ceux qui ont choisi la voie de la professionnalisation voient leur scolarité se terminer et entrent dans le monde du travail. Mon frère et ma sœur obtiendront ainsi un premier emploi malgré un contexte social morose : 1990 marque un net recul de l'emploi des jeunes.

Voilà : nous avons 18 ans, nous sommes majeurs et diplômés, nous prenons notre envol. Souvent, nos choix d'orientation nous éloignent de notre famille. Nous découvrons alors une ville inconnue, une cité universitaire ou un premier studio. Dans notre poche, notre main se referme sur une clé qui nous appartient et qui ouvre la porte de notre logement à nous. Une planche posée sur deux tréteaux, une chaise pliante, quelques cartons dans lesquels nous rangeons nos vêtements, parfois un petit coin cuisine où nous réchaufferons nos premières boîtes de conserve… Nous avons le cœur serré, mais nous ressentons aussi une grande excitation : dorénavant, chaque acte de notre vie dépendra de nos choix personnels.

Dans les amphis des universités ou les locaux d'écoles supérieures, nous nous plongeons dans nos études. Nous avons vu évoluer l'ordinateur depuis les premiers jeux vidéo. À présent, nous apprenons à l'utiliser : Macintosh 6.0, Windows 3.0, nous nous familiarisons lentement avec les premières interfaces de logiciels professionnels qui deviendront incontournables en moins de dix ans.

L'augmentation du chômage est déjà presque devenue banale, et nous savons que le monde qui nous attend ne sera pas toujours tendre. Les

Contingent français : la France est membre d'une coalition guerrière visant à sauver un émirat pétrolier.

banlieues et les cités qui m'avaient vu grandir connaissent leurs premières crises graves et le rap de NTM popularise la colère des ghettos urbains.

On commence à rejeter l'injonction à la consommation excessive des années 1980. La mode vestimentaire se diversifie et puise ses inspirations dans le recyclage d'anciennes tendances. Chacun utilise le look pour mettre en avant son identité. Le grunge, popularisé par le groupe Nirvana, impose les vieilles baskets, les cheveux longs et le jean élimé, symboles d'une société de restrictions poussée à consommer jusqu'à l'usure. Les t-shirts à motifs ou messages imprimés sont des étendards que nous enfilons par-dessus un vêtement à manches longues ; et l'hiver, c'est une chemise épaisse à carreaux façon bûcheron canadien qui nous protège du froid.

Les disques compacts remplacent peu à peu nos cassettes audio, mais nous conservons nos vinyles, vestiges d'une époque où la folie était au pouvoir. Nous sommes nés dans une révolution qui a accompli son cycle, nous avons connu l'apologie de l'argent, la frénésie du gadget, et devons désormais adapter notre vie d'adulte à l'austérité. Les magasins de *hard discount* comme Leader Price débarquent, annonçant l'ère de l'économie à tout prix.

L'arrogance du palmier.

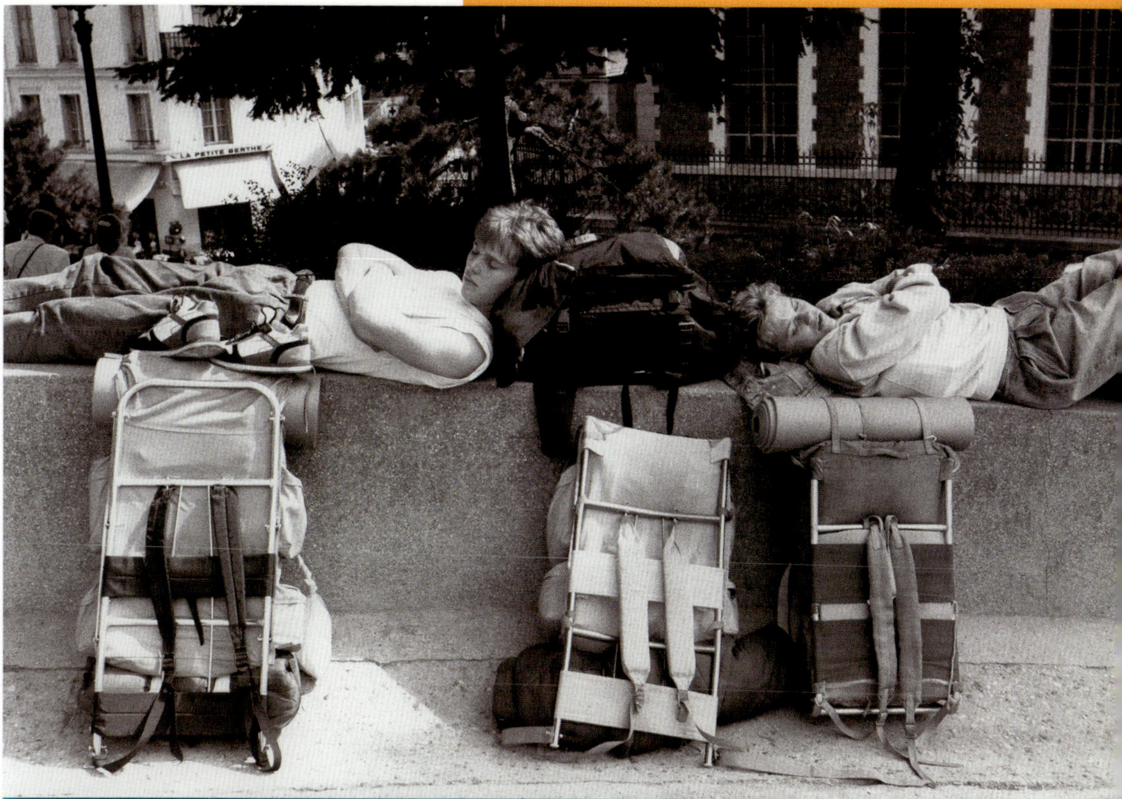

C'est le moment de s'échapper avec son sac sur le dos...

Notre jeune génération commence déjà à revisiter les mythes de son enfance et chante en chœur le générique de « L'Île aux enfants ». On devine derrière cette nostalgie parfois puérile une mélancolie, le souvenir d'une époque où l'utopie régnait et où, Trente Glorieuses obligent, rien ne manquait.

Nul ne sait encore vraiment ce qu'il fera plus tard. Nous sommes un peu désabusés, mais vigilants : prêts à saisir l'enthousiasme quand l'occasion se présente. Nous assistons à la première guerre du Golfe et nous apprêtons à entrer dans un monde du travail où les emplois sont rares, les situations précaires. Tel le surfeur mythique de notre adolescence, nous savons qu'il faudra passer d'une crête de vague à une autre, tomber dans des creux et parfois boire la tasse... Nous sommes la jeunesse de ce monde, et il nous appartient d'inventer la place que nous y occuperons.

Souvenez-vous de vos **premières années...**

Nous, les enfants de...

54 titres, **de 1929 à 1982**, sont **déjà disponibles !**

Grandir à...

Notre ville d'origine est unique au monde !

Avec cette nouvelle collection, **retrouvez votre enfance et votre adolescence** dans le lieu qui vous a vu grandir.

De nombreux autres titres sont en préparation.
Pour plus d'informations, retrouvez-nous sur notre site : **www.editions-wartberg.com**

Éditions Wartberg
40, rue de l'Échiquier
75010 Paris

Diffusion – Distribution SOFEDIS
11, rue Soufflot,
75005 Paris
Tél. 01.53.10.25.25, Fax 01.53.10.25.26